JOLI MOBILIER

DU

XVIIIᴱ SIÈCLE

CATALOGUE

D'UN

JOLI MOBILIER

DU XVIIIe SIÈCLE

ET DE STYLE

Tables, Bureaux, Secrétaires, Commodes, etc.

SIÈGES

BRONZES D'AMEUBLEMENT

Objets variés

DONT LA VENTE AURA LIEU

HOTEL DROUOT, SALLE N° 11

Le Samedi 13 Mai 1893

à 2 heures

Me A. SOYER | **M. CH. MANNHEIM**
COMMISSAIRE-PRISEUR | EXPERT
10, rue Saint-Roch, 10 | 7, rue Saint-Georges, 7

EXPOSITION PUBLIQUE

Le Vendredi 12 Mai 1893, de 1 heure 1/2 à 5 heures 1/2

CONDITIONS DE LA VENTE

Elle sera faite au comptant.

Les acquéreurs payeront en sus des enchères *cinq pour cent*, applicables aux frais de la vente.

L'exposition mettant le public à même de se rendre compte de l'état des objets, il ne sera admis aucune réclamation une fois l'adjudication prononcée.

Paris.—Imp. de l'Art, E. Ménard et Cie, 41, r. de la Victoire.

DÉSIGNATION DES OBJETS

MEUBLES

1 — Meuble d'entredeux en bois de rose avec nombreux tiroirs, garni de quelques ornements de bronze doré et à dessus de marbre gris veiné.

2 — Corps de bibliothèque du temps de l'Empire, en trois parties, en bois d'acajou garni de bronzes ciselés et dorés, avec colonnes corinthiennes aux angles et fermant à deux portes en glace.

3 — Curieux petit meuble formant coffre et à casier fermant à l'aide d'une porte à brisure, en bois de rose garni de quelques ornements de bronze doré. Époque Louis XV.

4 — Joli petit bureau bonheur-du-jour en bois
de rose et marqueterie à vases de fleurs et
attributs, garni d'une grecque et de chutes
en bronze ciselé et doré. Époque Louis XV.

5 — Table de nuit formant bureau en marqueterie de bois satiné, avec dessus de marbre
brèche.

6 — Bout de bureau à casier et tiroirs en bois
de rose, garni de quelques ornements de
bronze.

7 — Petit modèle d'armoire vitrée hollandaise,
en marqueterie de bois à fleurs et ornements.

8 — Secrétaire droit de forme contournée en
bois violet et satiné à dessus de marbre.
Époque Louis XV.

9 — Table-toilette sur deux pieds en bois de
placage violet et satiné, de forme contournée.

10 — Petite commode d'enfant en bois de placage, à quatre pieds et deux tiroirs.

11 — Petite table de style Louis XVI, modèle
rognon en bois de citronnier et amarante,
garnie de bronzes dorés.

12 — Petit bureau à dos d'âne du temps de
Louis XV, en marqueterie de bois à fleurs en
bois rose et bois satiné.

13 — Paravent à cinq feuilles décoré de pein-
tures : paysages et sujets de chasse.

14 — Table carrée de style Louis XVI en bois
sculpté et doré, à pieds cannelés reliés par
des traverses et dessus de marbre brocatelle
d'Espagne encadré d'une galerie de bronze
doré.

15 — Petit bureau avec écran en bois d'acajou
et applications d'oiseaux en cuir peint. La
feuille de l'écran est en soie brochée à fleu-
rettes.

16 — Meuble en bois doré, à porte et côtés vitrés
et à fond de glace.

17 — Meuble analogue à celui qui précède mais
avec monture en cuivre poli.

18 — Glace avec cadre formé d'une broderie
de métal doré à rinceaux sur fond de soie
groseille.

19 — Table à ouvrage de forme ovale en marqueterie de bois à rosaces et quadrillage, avec
tablette d'entrejambes et à dessus de marbre
brocatelle d'Espagne.

20 — Table à ouvrage de forme ronde en bois
de rose avec dessus de marbre rosé encadré
d'une galerie en cuivre découpé.

21 — Petit paravent à quatre feuilles en bois doré
et étoffe de soie bleu clair.

22 — Table-écran sur pied à balustre en bois
tourné et feuille brodée à oiseaux en tissu
doré sur fond bleu clair.

23 — Deux glaces avec cadres Louis XVI en bois
sculpté et doré surmontés d'une couronne de
laurier.

24 — Petit guéridon rond à pieds formés de colonnettes accouplées en bronze doré avec dessus de porphyre vert et entrejambes en bois d'acajou. Style Louis XVI.

25 — Deux petites étagères de suspension du temps de Louis XVI en bois de rose.

26 — Petit secrétaire droit et étroit en marqueterie de bois à corbeilles et bouquets de fleurs, garni de quelques ornements de bronze et à dessus de marbre bleu turquin encadré d'une galerie en cuivre découpé. Style Louis XVI.

27 — Petit secrétaire reposant sur quatre pieds reliés par une tablette d'entrejambes en marqueterie de bois à corbeilles et bouquets de fleurs.

28 — Table formant vitrine en bois sculpté et doré de style Louis XIV.

29 — Miroir de forme contournée avec cadre en bois sculpté et doré de travail italien.

3o — Commode à deux tiroirs en bois laqué
blanc, garnie de bronzes et à dessus de marbre
blanc.

31 — Table à volets de style Louis XVI en
marqueterie de bois à trophées et rinceaux.

32 — Lit de repos Louis XV en bois sculpté et
doré avec matelas et trois coussins couverts
en soie blanche brodée à fleurs, rinceaux et
coquilles.

33 — Pendule et son socle de suspension, genre
vernis Martin, de forme contournée, décorée
de fleurs sur fond vert et garnie de bronzes
rocaille. Époque Louis XV.

34 — Commode Louis XVI en bois de rose et
marqueterie, garnie de quelques bronzes et à
dessus de marbre blanc.

35 — Meuble d'entredeux fermant à deux portes
et tiroir avec dessus de marbre en bois de
rose et bois violet. Époque Louis XV.

36 — Cartonnier ou bout de bureau de même travail.

37 — Baromètre et thermomètre-appliques en bois de rose, garnis d'ornements rocaille en bronze doré. Époque Louis XV.

SIÈGES

38 — Petit canapé de style Louis XVI en bois sculpté et doré, surmonté d'un groupe de deux colombes, de deux urnes, de festons de fleurs et de trophées. Il est garni de soie brochée à fleurs sur fond crème et le dossier est orné d'une petite horloge.

39 — Siège double composé de deux fauteuils reliés par une traverse en bois très finement sculpté et doré à festons de fleurs et ornements et foncé en canne dorée. Style Louis XVI.

40 — Trois sièges dont une banquette et deux sièges d'angles en bois sculpté et doré de

style Louis-XVI, modèle à balustres, postes
et ornements variés. Ils sont foncés en
canne dorée. Ils sont garnis de coussins
d'étoffes.

41 — Fauteuil de bureau en bois doré et foncé
en canne dorée.

42 — Six petites chaises Louis XV en bois
sculpté à fleurs et ornements, rehaussées de
dorure et foncées en canne.

43 — Deux sièges bas en bois doré couverts de
velours à fleurs sur fond crème.

44 — Fauteuil avec dossier orné d'une lyre en
bois doré, couvert d'étoffe de soie à fleurs
brochées sur fond saumon. Époque Louis
XVI.

45 — Petite banquette de forme cintrée en bois
sculpté et doré, couverte d'une broderie sur
fond rose encadrée de peluche verte. Époque
Louis XV.

46 — Deux tabourets en bois sculpté et doré couverts de damas de soie bleu clair.

47 — Petite bergère basse en bois sculpté et doré, avec garniture et coussin en étoffe de soie brochée à fleurs sur fond crème.

48 — Deux tabourets en bois sculpté et doré, couverts de velours violet brodé à fleurs et ornements en soie et argent.

49 — Petite banquette à accotoirs en volute en bois doré, couverte d'une bande brodée en soie et argent sur fond groseille.

50 — Tabouret en bois doré à quatre pieds reliés par un entrejambes en X et orné de rubans au pourtour.

51 — Fauteuil en bois argenté et doré, foncé en canne dorée et avec coussins en étoffe.

52 — Douze coussins en velours et soie brodés et brochés, variés de dimensions.

BRONZES D'AMEUBLEMENT

53 — Petite pendule du temps de Louis XVI en bronze ciselé et doré, surmontée d'une urne et garnie sur les côtés de retombées de fruits et de feuillages. Socle en marbre blanc et bronze doré.

54 — Deux petits flambeaux Louis XVI en bronze doré, modèle à trépied.

55 — Deux petits chenets en bronze, modèle à rinceaux et mascarons.

56 — Joli petit rouet du temps de Louis XV, en bronze ciselé et doré, composé d'ornements rocaille et d'animaux fantastiques.

57 — Petite cage à musique en cuivre doré avec oiseaux automates. Socle en bois avec mouvement de montre.

OBJETS VARIÉS

58 — Le Charmeur de serpents. Statuette
d'homme nu, debout sur une base ovale décorée au pourtour de palmettes et de rinceaux, sur laquelle repose également un ser-
pent qui enlace une grenouille. Bronze italien du xvie siècle.

59 — Brûle-parfums en ancien bronze de la
Chine, doré en partie, à fleurs en relief, avec
pieds et anses formés de têtes d'éléphants et
à couvercle ajouré surmonté d'un éléphant
couché. Socle en bois repercé à jour.

60 — Grand sucrier en ancienne porcelaine de
Chine, décoré de fleurs en bleu et émaux po-
lychromes.

61 — Pastel : Jeune Femme en costume Louis XVI
pinçant de la harpe. Un enfant est debout
près d'elle. Cadre en bois sculpté et doré.

62 — Pastel du temps de Louis XV : Buste de
jeune fille tenant un chien.

63 — Dessus de cheminée en velours violet garni
au pourtour de broderies à fleurs et sujets de
sainteté en soie de couleur.